日々の流れに

植木信子

思潮社

目次

Ⅲ

装幀＝思潮社装幀室

日々の流れに

いつも

地平線の向こうに太陽は沈み東から昇って来る
すずやかな風が吹きだして緑の葉をそよがせる
どんなふうにしても
あなたの処にいくことはできない
あなたはあなたの行きたかった処　時間にいる
生と死の謎に　次に来る人たち
私たちが生きたところで　生き生活をする人たち
ほんの少しでいい　思い出してほしいのです
あなたたちと同じように
喜びがあり不安は苦しみや悲しみになった

それでも日々の暮らしはあり　愛があったことを
空は青く白い雲が湧く　水に若い草が揺れる
わたしはいつかあなたを探している
歌は季節季節にあって焼く火にも生はおののく
砕けた心で希望が転げ消えていっても生きていた
幸せを願い　それは希望のように思える
死にもやすらかな生を願った
空からの緑を吹く　髪を吹いていく風に
少しだけ思い出してほしいのです。

I

花が流れる　暮れてゆく

ゆく川けぶる川

丘のつらなりが雨にけぶり斑に光っている
そこから青田が続いていく　ぼうとかすみ塔が現れる
中世の城に見え孤立してかすみ青田が続いていく
丘の窪みがうすく光りそこから船が出て行くらしい
舳に花鉾がたてられている
葉が風の吹く方向へ垂れ滴を落としている
船は海に行くのだろう
花を飾り唄い踊る声が雨の遠くでする
それであなたは声をたてずに笑ったのだ　巡る日々に
わたしは健やかな魚になるのだろうと

艫綱を飾る花の種を播き育てる
罅や傷のある手で花を切り　熟れた実をもぎ籠に入れる
　そのとき　憂いに満ちていただろうか　あなたは
微笑んで椀に実を盛り　流れて行く子供の筏にも置いた
雨は滴って緑の腐臭をたてる
土の　生まれるにおい　爽やかな死臭
戸の隙間から喪屋の人が微笑む
熟し崩れていく桃　へこんだ西瓜の底の黒ずむ赤
艶やかな葡萄の皮が破れる
髪を濡らし　なか空に手を開いて伸ばし
指先にのせた箱を川の水に置いた
　雲が水に触れたのかも知れない
箱は花窟を抜けなだれ落ちる崖を下り街を過ぎ
誰も見たことのない水平線の向こうの時間を行くのだろう
　透きとおる花は摘む手を傷つけて鮮やかな紅になるという

船は沈み消えていっても悲しまないでいいという
川は豊かに流れ
水が口にかかり喉を膨らませる
筏や水草や藻　川べりの死骸や水底の動物の毛
植物の根や腐葉の染みた水が身体を甘く潤していく
舌を伸ばし祖の水を飲む
広がっていく
命の川をそうしてわたしは行くはず

ふるさとと春

天の青の底が見える
笹の葉が風に鳴り
りんりん鈴の音が聞こえふるべ*が揺れる
　ゆらゆらとふるべゆらゆらと
堅い気体がふるふる揺れる　ゆらゆらと

目覚めた神々が踊り尻や肩をぶつけて笑うので
どうと青の底が響き渡る
誰もが傷を負わずにいられるなら　生きるなら
ふるふる春の蠢動は温かな火になる

少しずつ溶けあって　ゆらゆらと死者たちとも
溶けあって春の空とも繋がっていく

雪解けの透明な水が流れ出し足もとを浸す
丘が幾つか蹲る山から
私の　私たちの身体から流れる一滴が落ち
一つになって湖に広がる水が私を浸す
曲がり突き出た木の枝が崖の墓地に影を落とす
そんな水辺に眠り
祖先と人々と眠り
風が土の香を運び　時代が移るなら
ふるふる　幸せと思う
（ゆらゆらとふるべゆらゆらと）
どうと天の底を割って笑いが響く
神々の響めきは人たちの願いや祈り
木や身体の洞を埋めて吹き抜けていく息　風

悲しくない涙の雨　寒くない溶けていく雪
旅する異国の人にも春は近づいて
冬枯れの木間　梅の蕾が膨らんでいる

＊ゆらゆらとふるべ　古代に行われていた春の神事の祝詞
ふるべは道具

偶像を刻む

堅い大気が湿潤になってくる
空の色は水をおびて明るみ
隠れていた小鳥が短く鳴き小枝を揺らした
道に頭や肩をすくめて立ち話をする人たちがいる
雪の斑らな丘の上では
両手を開いて立つ人がしきりに指を数え呟いている
今日をしのぎ急ぐ人がいる　呆然と座る人がいる

藍に暮れて空に黄色いまるい月が昇った
丘の上では子供たちがまるくなってはしゃいでいる

無邪気にうれしそうなのは死んだ子供たち
丘の上の人も一緒にまるく手を繋ぎ歌っている
飢えも　寒さもないから
愛もお菓子の形でふって来るから　はしゃぎ拾っている
　死んだ人は誰もが子供に見えるのかも知れない
月がおおきくまあるい
この節　疫病で生き延びるのに懸命で飢えた隣人にも
仕方のない欲望がうわばみのように飲み込んでいく
それで君は
両手をあげて両足をゆがめて立つ
踊っているようで　跳ねているようにも見える
町の港の封鎖では
　行動停止に巻き込まれ
　飲み込まれ　緊く囲まれる
方向を探ろうと紙をちぎって飛ばした
紙は黒い小枝に羽をゆらして蝶に止まった

卜占の紙結びが風にざわめく

信じられたらいいのにね
愛がいっぱいの野原があったらいいのにね
四角に座りパーティをする
　三色おにぎり　まるパン
　ひとくちチーズ　焦がしたドーナツ
陽が差してきて暖かくなる
君は右端から*
壊れた偶像を刻んだりする

*マンダラは右まわりのため

花を投げる

光が差すとあたたかくなる
吸い込まれるほどの青に目をつむる
細胞が剝がれ足下に落ちていく
踝まで積もると眠くなる
嵐のように雪や磁気や砂が吹きすさび流れていく
　嵐に死の　終わりの　微かな命の旋律が紛れ込んで来る
時間は永遠を動くなら深い眠りは時間の内にいる＊
思うのだ
川波のように時間は寄せ　永遠に寄せ返すのかと
　そこから君は花を投げた

そして私のもとに来た
君の金色の髪が風と戯れ
身体が動くたびに青いブレスレットが快く鳴った
楽しそうに私たちの食卓を整えた
お茶を入れ　林檎菓子を作った
君の傍らでは酷い暴力があり飢餓があり
君は近くにいて天使のように幸福そうだった
俺は知っていた　君の幸福と俺たちが生きるためになすことを
目をつむっていると君との思い出がやさしい命の旋律に流れる
悲しい追憶が今も俺の全身をたぎり振るわせる
晴れた朝　君は窓を開け風を入れお茶の用意をしていた
湯を沸かしバターを溶いていたときに
鏃が胸を貫き鮮血が飛び散り床に広がった
外は満開の花　暗いほどで傍らを歩くと花に巻き込まれる
花の隙間から空が仄青くくすんで見えていた
君の鮮血　こんなにも多くの花　言葉を黙す花

追憶を忘れる花が俺を巻き込み飲み込む
俺は石像だったのかも知れない
嵐に崩れていくのは頭の部分　胴の隅　腕　足の脛　指
君と俺とでつくった暮らしの旋律が巡り流れる
君の投げた花が俺にあたり花が咲くように生は開いていった
笑うなよ
旋律が子守唄になる　君が歌うようだ
　ねむるのよ　ねむるのよ
眠れば俺は壊れた石屑になる

君はまた永遠のような時間の内にいて花を投げているね

＊マルクス・ガブリエル、中島隆博『全体主義の克服』から

桜の花と少年

薄紅色が幾重にも重なって
桜の花の木の下は薄曇り

（写真の） 焼き場に妹をおぶった少年が唇を嚙みしめ
きっと前を向き裸足で立っている
少年の後ろは菜の花畑
菜の花畑を三両編成の列車が通っていった
線路から茶色の道が伸び　うす暗い花森に続いていく
森の垂れる枝や絡む蔦を透かして影が見える
影たちは

同じ位置　同じ時を巡るので踊りながら静止して見える
森の中は吐息が幹からもするが木々の間の風は凪いでいる
交わらない一瞬　一瞬で満ちている
生まれる前の　死の　すれ違う時が詰まっている

焼き場に立つ少年は背中に紐で妹をくくり
両足をそろえて立っている
泣いたりはしないのだ
少年は生きて妹の焼かれる順番を待っている

おおい　おおい鍬持つ男の声がする
唇を引き締め　黒く澄んだ瞳が見つめる
男と少年の肩から背中にかけて火傷の傷が深く赤く黒い
男は見つめる　二人は見つめる
菜の花畑の向こう茶色の道に続く森

はらはら桜の花びらが男の肩へ傷へ散っていく
はらはら妹をおぶった焼き場の少年に散っていく
（生きていたんだね……
男は黙って少年の手を握り
菜の花畑から茶色の道を花曇りの森へ歩いていく
紅がてんてん滴って影は一つになっていった
桜の花が満開で幾重もの花びらで木の下は花曇り
中空をつづいていく

五月の光だ

判読不明の文字と短い曲が途切れ頭の中を巡る　わからない言葉を口ごもり朝暗い海岸を歩く　海原からの波がテトラポットにぶつかる　朝霧の濃い汀に俯く人たちが並んでいる　体半分暗く体半分明るい

いまに夕立が来るやら　来るやら*
男が声を張り上げ歌うあとを女の高い声がつづく　編み笠を深くかぶり絡げた浴衣の裾から白足袋の脛が石段に消えていく

風が吹くと熱のある体が涼しくなる　工場の事務所の前に薄灰色の制服を着た男が立っている　そのうしろに青い海が見える
砂原を通る小径が渚につづいていく　松とグミの木の混じる砂地の

林の小径を三十代後半の男が次第に足を速めていく　思い出すように
ふり向く　小さな娘が一心に男の後を歩いている
男は待つ　それから憑かれたように歩き出し　突端のコンクリに手
をかけ海を見つめる　海風が男のシャツを揺らし　小さな娘が男の
シャツを引っ張る
　男と女の子はゆっくり歩いて帰って来る

誰もいないグラウンド　その端に古びた体育館がある
書類に目を通され頷かれてから入った　並んで腕を出す
バスケットボールが隅に転がっている

窓のカーテンが汗に濡れてひたいに揺れる　疎らな草原に伏せてい
た人たちが起きあがる　そのめぐりの向こう　ベランダの椅子に掛
けて老人たちが紅茶を飲んでいる
羊の群れが鳴きながら白いやわらかな頭を見せていく　柵の外の木
が光を浴びている

金色の光がはらはら木の葉を斑にして落ちて来る　根本に静かに座るものに落ちている
　やっと会えたね　わたしも会いたかった　言い交わし過ぎる

ずっと一人ぼっちだった　友達はできなかった
死ぬのだろうか　何時　此処から何処へいくのだろう
海が見え風が吹いていた
傍らの木に滴がはらはら落ちている　藁人形の腹に藁を詰めるようにうめていく
（いつも一人ぼっちだった　人形のよう……に
すべてを払いのけ駆け出す　裸になり砂にまみれる
あのひとは　きっとぼくの砂を払って微笑む
花の木の間を歩み来て　ぼくの目にさくさく指を置いて閉じさせる
　綺麗な光がふっている　五月の光だ

＊柏崎地方民謡三階節より

マリウポリ

マリウポリでは今日も人が死んでゆく　青い青い空の真ん中の深い
青　砲弾や爆撃で死ぬ間際に見る空
流れ出す血が澄んだ水底に沈んでいく　そこから見る昼の夕べの空
の湖口　その水縁には百合の花が咲いている
中世風の街が映り聖堂の祈りの声がせせらぎになる
パンを抱えた女がいる　黒く汚れた顔は泣いているのではない
疲れた苦しい顔を引き締めパンをしっかり抱えている
記憶を逆戻りして人たちを操るどす黒い声が響き渡る
マリウポリの夜更けに形のない死者を積むトラックが街を出てい
く　青白い街灯に照らされた壊れた門を抜けていく

夜の崖を登り闇深く吸い込まれる　錆びたレールが浮かび消える
戦火で死んだ人たちは赤い火の壁画に赤く刻まれる　塔や教会　病
院学校が赤く描かれる　星くずいっぱいの空高くゆく
戦火の止んだ夜に青い星の光のボールがたくさん見える　朝には太
陽が破壊された建物の瓦礫や重なる死体を晒す
　何時の日か　木の葉がそよぐ頃　家を建てる　なじみの人たちと
寂しく笑いパンを焼く　チーズをつくりお茶を飲む
膨らむ麦の穂が大地をいっせいに靡き　匂いのいい風が吹いて来る

あした　朝焼け

わさわさ秋のにおいがする
熟した種子が金色の風にさわぐと動物的なにおいがする

晩夏の光が窓いっぱいに溢れ柔らかく差している
椅子に座る人の肩にも差して車椅子を窓に向けて走らせる
怒る　笑う　窓に向けて走らせる
迫る不安があった　怯える不思議な幸福があった

（死さえなつかしい）
時間は出来事を粒にして吹きすぎてゆき

草の実や花の種をこぼし
花を折るようにして死を拾いめぐるから
たんぽぽの綿毛が吹かれて光るように危うい

思い出は花のにおいとほほえみ
追憶が今を行き来して
あやめの花が群れて咲く沼の水に浸り
朝陽の差す丘で濡れた体を干すときに
農夫が畦に立つが遠い所の時のようだ
壺の花園にいて光溢れる野原を願う

朝　陽が差して
木々が目覚め　小鳥が囀り
おはよう
みなさん　おはよう
働く昼が過ぎて夕暮れになる

昼に荷車を引いた馬を池のほとりの樹に繋ぎ
車を車庫に入れ　夜が来る

家は
（死がいっぱいで死さえなつかしい）
丘も町も暮れて麓に灯りが瞬いている
街灯が斜めに落ちて道は暗く
断崖に白い灯台が建つ　灯
渦巻く潮騒が倒していく　灯！
あした　朝焼け

ある民の物語

何処かわからない処
わたしの内に小川が流れ木橋がかかっている
草が伸び小川を覆い茎の影が木橋に揺れている
木橋が何処か知らない
小川は埋もれ　茂る草は胸奥からの熱に靡き
焼かれて白く　灰が積もり崩れていく
木橋を渡ってゆけない
わたしの内に緑の草で覆われ枯れる小川がある

何処からか歌声がする

記憶のない記憶を辿り消えた名に愛おしく呼びかける
地に刻まれ歩くたびにその歌を思い出すように
その地は追憶　忘れられ刻まれる
土地のない地に家を建てる　霞の家を建てる
建てた家は糸がほぐれ破られる
壊れた家に住む人はなく　建てた人は追われていった
小枝にぶら下がる糸は焼かれ　血の痕は埋められ
僅かな糸を辿り人たちが集まって来る
祈りのやさしい言葉の悲しさが凍えた血をあたためる
思い出が交差し　溶かしていく　歌う
旋律が降りてくる
歌う　消えていった一人一人の名を呼ぶ

わたしの内に小川が流れている
命の涙の水に緑の草が映る
何処か知らない処　木橋がかかっている

何時か渡り　その土にまみれ
囁く声と思いを共にする
時は流れ　時代が変わっていっても
小川が流れ木橋がかかっている
何処かわからない　微かに
草の茎が擦れて歌のように鳴る

＊『天才ヴァイオリニストと消えた旋律』に触発されました

二〇二四年一月一日夕地震起きる

青い空を白鳥は翼を広げて飛ぶ
山沿いの沼にくっくっくっ　鳴きながら水辺に近づき
子供たちは餌を投げている
白鳥たちをぬって鴨の親子が一列に泳ぎ水輪をつくる
恋人たちが手を繋ぎ写真を撮る空に
ぽっかり雲が浮かんでいる

平和な元旦に地震起きる
黒雲が重なりうねり金色がかった茜の残照が龍の形に
黒雲に抗うように　飛び立ちかかっていた

ワァーワァァ地からの叫びが地底からの唄が
ワァーワァァ光芒を曳いていた
祖の死者たちの声声声
夕暮れに地震起きる

能登半島は柏崎の海岸からは島のように見える
一月一日日没近く黒雲と美しい龍の残照を見せてゆれた
美しさは死の瞬間の前後にあるかのようだ
夜の間　何度もゆれ
朝方　鈴の　清らかな音を聞いた
白い壊れかけたヒトガタが浮かんで消えて
できそこないの夜明けが闇を開いていった
二日ゆれた　三日ゆれる　昼夜ゆれる
四日　雨が止み広がる青い空
番神堂から能登を見た
海は濃い緑色に波打ちたゆたい

佐渡も能登も見えない
帰り道　沼近くにおいがして　くっくっくっ
ざわめきがして白鳥たちが群れている
空を羽ばたいている
家族連れが年のはじめに白鳥の沼に足をのばしている
この地は十数年前に激しくゆれた
白鳥たちは飛沫をあげ　陽を浴び
羽ばたいている

能登の緑の湾から陸地は
裂け目の傷を深くしている

海辺の道を

緑色の波が寄せ　磯近くで白波をたてる
汀に泡立ち波は引いていく
海岸に沿って街道はつづき　街道に沿って家並がつづく
松林があり杉林が混ざり小径を挟んで波音がして海は遠くなる
岩と波だけの岸と荒れた砂原の道になり
六つほど墓が並ぶ荒寺の刑場跡地になる
家がちらほら見えてくる
出雲崎町は、佐渡の金を司る奉行所がおかれていた
入り組んだ町並が山際まで広がり込み入る道を
罪人が繋がれ引かれていった

佐渡はくっきり見え
貧しく　つてのない無宿人は佐渡金山に送られる
夜も賑わう出雲崎の町に一泊して帰って来る者はいなかった
金の管理は厳しく手をつけたものは刑場で首切りになった
潮風が快く枯れた花が揺れている
海原の波がときおり裸の女の濡れた背のように光ってうねる
貧しく飢えた罪人は疲れた足や手や体を潮風にまかせた
明日は舟の上　波の上　帰っては来ない
村を飛び出し　飢え　仕事にあぶれ佐渡金山に送られる
罪人は誰なのか
捉え縄うち叩く者か　貧しさなのか
磯にはかっての北前船と寸分も違わない船が置かれ
日本海の垂れ込めた空の蓋を剥いだ午後の日差しに
飲み物を片手におしゃべりしている人たち
そのまま街道を行くと寺泊になる
順徳上皇、日蓮、世阿弥が寺泊から佐渡に流されて行った

松の古木の太根が砂地をくねり這い
浜辺には柵を越えていかなければならない
浜焼きの匂いがして　小鎌倉と地元民はうわさする
魚市場は市が立ったままに賑わい宿も並ぶ
少し行くと漁船が数艘繋がれており
日焼けした男がおこったふうに立っている
疲れているのだ
街道はやがて山形につづいて行く

山の向こう千の谷陰の小尾郎のこと

千もの小さな谷のある町に
春になると谷からの水が流れ出し一つの川になる
千の谷の町で谷川岳の葉が日本海に向く雫の一滴が*
川になり信濃川に合流して湖のように広がっていく
川端には少し前までドライブインや茶屋が三、四軒並んでいた
町のはずれの辻に木立があり細い枝が朧朧として空へかすんでいく
珠のようなものが昇り転がりするが　日差しが疎らにきらめくからだ
こんな地に市が立った　市では見知らぬ人とも出会い
物とも出会った
木立から道が二つに分かれ　曲がっていくときに寂しくなる

夏には暗くなるほど茂る葉に隠れて道が遠くの山まで続いていく
その道をゆく人はめったに帰っては来ない

山の向こう　千の谷の山陰に木に覆われた池がある
水が涸れることがないのは地深くから湧き出ているから
池には小尾郎という魚がいる
千の谷の池ごとにひたいや顎に違う赤や黒の斑をつけている
池ごとに色が違うので谷に迷った人は帰り道を見つけることができる
恐ろしいほどに葉の茂る夏の谷の木の傍らに
子供がしゃがんでいる
木の葉が揺れてざーざー千の谷の葉が揺れて
蛤に似た白い貝が葉裏に幾つも汁糸を垂らし口を開けている
子供が立ち上がった
ヒュ　ヒュ　口笛　指笛がして　ぱらぱら　ぱらぱら
鳥が飛び立ち子供　子供の文字になり
梢へ連なっていく

空は木の葉で塞がっている
子供　子供の文字はやがて姿をとっていき
小さな足音や草に隠れる音がして木の傍らに
子供一人がしゃがんでいる

山の向こう　千の谷の陰には小さな池が水をたたえている
斑の色した小尾郎が水面に見えると子供は笑い池に入っていく
水輪を作り池は木々を映して千の谷は静かだ

＊谷川岳の葉の向きで利根川などに流れ、信濃川に流れる

山あいの川に沿って　只見線

縄文人が多く住み　山家人《サンカ》も只見線沿いから秋山郷にかけて住んでいたという
渓谷に沿った只見線は太古からの原初の姿を見せる
重なる山の麓に点在する家や村
川は滝をつくり　細くなり曲がって湖のように広がっていき
廃村とも小舟でつながっている
桟橋には朽ちはじめた筏が水に揺れていた
廃村に壺や水桶　欠けた椀がころがっている
干からびた器からは乾いた土の息がからから音をたてている
村の真ん中に四角の石が置かれていた
踊り舞台に見え　草塚の墓にも見える

村を捨てても忘れなかったのだ
川は奥へ奥へと流れ只見線も川に沿って奥へと走っていく
夕刻間近か　町らしいところの中州に板木の古い社があり
社を囲んで墓ばかりの島村があった
紅葉の枝が撓って水に映り
黄葉の低い木が鮮やかな花のようで薄と混じり風に乱れている
山の秘めた雅び
全線各駅停車のひと駅で降りる
暮れて紅葉が恐しくきれいだ
無人駅の待合室の灯りだけが明るくて坂下の町の灯が
呼んでいる気になる
山の匂いがして山に暮らす人の息が漂ってきて温かい

変わらずに

柿の実が熟すころ
鬼ごっこでは見つからなかったのに
小春日和で土も暖かく
ふっふっ木の葉も落ちてきて眠ってしまった
おやすみ　おやすみ風も言うから

昼に草がざわめいて乱れていました
鰯雲が散らばっていました
色づく木の葉を小鳥がくぐって小枝に止まり
首をかしげて見つめていきました

もういいんだよ
もういいのね
もうひとつの世界は隣のようなのに深く隔てて行けなくて
ごめんね　ごめんね

空に鐘の音
ここだよ
みえないよ
ごおんごおん虹のように流れる

*

風が白いカーテンを巻きあげている
水のように青い花が流れていく
濡れた目に草花の簾がゆらぐ
曇りガラスで隔てた向こうに
濃淡の森の入り口に鹿が立っている

見つめ　地雷にふれたように駆け去っていった

＊

夜の海は広がる砂が暗くて波のぶつかる音だけがする
コンクリの堤防がT字形に沖へ伸び
波はかたち無く重さなく音だけがしている
夜の砂を駆け　海底に横たえれば
陰湿な重さを潮の香にして潮騒が運んでいくだろうか

哀惜を花で埋めても閉ざした瞳に映ることは無く
〝昔とおなじ顔をしているね〟
夜は多重にひしめいて帳を降ろすので
寄せ来る過去の時に漂い夜は静かな笑いに満ちてくる

＊

朱が染めて

明けたよ　鐘つくぼうずのおかげで夜が明けた*
海は青くたゆたい
島かげが煙のように見え　白い雲が浮かびはじめた
朝の光が海の緑に美しい造型を創り
視界を狂わせ　うるわしい花が開いていく
太陽が空の真ん中へ動き
木立の向こうの家に陽は照りかえしている
車が回る
大きく回っている
何も変わらずに造型を野に放つ

*三階節より

Ⅱ

朱夏に滲むとき

わたしの時間には

春の光を浴びて佇む家は沈黙のにおい　花のにおい
高い天井を斜めに切ったガラス窓の下はあかるく快適なキッチン
音のない静寂のさざ波が寄せまた寄せ流れていく

おもては気持ちのいい日和
花のよろぼうし
沈黙の静寂の家を抜けてきた
影なく　花のにおいをつけて
よろよろ陽炎の鬼火が緑の池に映る
　泣いていいるんじゃない

笑っているんじゃない
目なく口なくて
小石の転がる道をゆく火影

奇麗に晴れた日で
迷いゆくのにいい天気　シャボン玉にゆれている
追いかけてもかすむから
抱いても割れるから　すりぬけるから
ぱたぱた埃をたててよろぼうし
鬼百合で編んだ笊に光の泡立つ玉を入れ木陰に広げている

蔦の絡まる壁や苔が柔らかく
神話の余白は白く　余韻もなくて
静寂の波　寄せ流れ　遠くに水脈を引いていく
　赤子のよう
よたれた童

無音の水色に閉ざされて
静寂の沈黙の霧が覆うので
ばたばたドアを叩いて私の時間をさがしに
君を呼び花を散らしたのだ

吠えたのは

砂場で磯で塔や城を作って遊び
大人になって崩して家を建てる
高いところでは空の青に滲むことができる
絶壁に置かれた像や寺や教会を知らずに見上げる
そこでは時間は流れずに変わるものはないのだと
移りゆくものは幻想で根源的な塔へは
痕跡が足うらに傷を残す
窪地の足跡は春の雨が押し流すので
痩せ地に生きた人々を思うことができる

金箔を鏤めた経文の巻物に朱が墨に隠されている
朱　血の赤　熱情の赤い色　炎の火
傷をおし広げ突き抜けていけばすずやかな気体の流れる高台にでる
塔や高い建物が建っている
戸口を開ける　木の床　漆喰の壁
四角の真ん中に椅子が置かれている
高窓が一つあり　空の青が流れこんでくる
椅子に座る　うとうとと眠ってしまうが崩れていった
肩から崩れていって低地の墓地にいる
叢の戦跡地のようだ

時は流れ　時代の一区切り　思い出の一瞬が
永遠のように時を遡り　剝がれ　空白を埋めていく
　愛したのですか　愛したのですか、か？
ショパンのピアノ曲を弾く間に雪が雨になり裸木が濡れている
背中から粉のように砂糖のように落ちていくのは時ですか

憎んだのですか　憎んだのですか、か？
密かにやわらかく憎んだ昼に
喜びですか　頬にふくませているのは、は？

たくさんの人が通り過ぎていき
芽の無い林の道に見えなくなる
気体を抜けてくる音信に　文字に
死んだという　狂ったという誤送の訂正の文の文字
足もとのつくし　桜色の雲
春が来て　春が来たと
病の犬のように垂れた耳を立て吠えてみたのだ
にほんおおかみの遠い日の記憶が……

白の砂漠

丘の上
バラモンの僧が茜の寄せる雲の下で鳥を飛ばしている
ばらばら飛んでゆき　忘れられたあちこちの神になる
同じところに住んで　時を違えて異国になり　異邦人になる
　移りゆくときあなたは死に　一族は絶え……
痕跡がまばらな森の道
森をぬけると丈の高い黄の花の草原が広がっている
誰かが毎日通っていく
風が草原を吹き上げ道筋を分ける
草原のところどころに丘があり祠があって灯が点る

本当は残照が石にあたっているだけなのだ
気体が張りつめ視線があちこちにあるが知らないところ
本をぱらぱら閉じて風景が閉じていつもの部屋にいる
窓の外　空は真珠母の薄い雲が巻き
その間が澄み青い
雪原に林檎が一個おいてある
壊れかけたカップが傍らにある
雪原は陽射しに反射して輪郭を狂わせる
何もない部屋に林檎が転がっている
艶々した赤い果を囓る　卓の
青いひび割れた壺が鈍く鐘の音をたてる
産湯をつかうように白湯を飲み干すのは正午の儀式
あなたに二度と会うことはない
橇で遊んだ足跡も小さな靴跡も手も
時間の航跡　鼓動　ひたいの熱　風も水の音も絶えた
乾いた目に青い空が貼り付いている私の眼窩

すべてが止まった後で部屋のドアが開かれる
林檎の干からびた茶色の皮
埃の皺にうすく青い筋がある
埃を拭き取って女が窓を開けた
真珠母の雲が巻き　その間が澄み青い
きらめく雪原に風が吹き込み　幻想だろうか
窓も女も真珠母の雲も空の青さえ
ホワイトアウトの白の砂漠に飲まれていく
雪国の二月の午後

滲んでくる

すべてが駆け足で過ぎ去ってゆくのに
一秒一秒がもたつく蟻の足だ
いらつき小刻みに直線に過ぎる

＊

夏の初めの早朝は快い風が過ぎて行く
電話がなり
夜明けを待っていたかのようになり
君を死の神が捕まえたことを知らせる
薄い目を半分閉じ　口を開け

身じろぎもせずに寝ている
三日前には午後の光を眩しげにして笑った
いい顔だったね
苦しみもなく安心しきったように

＊

薄緑の木々の葉が斑に濃くて
遠くの山に白い雲が湧き出している
きれいな夏の朝だよ
青山、青の空　ウグイスも鳴いている
ベッドから起きようともしないで
朝の光の部屋で何かを言っている
　おつかれ様
先生もよく頑張ったと言っていたよ
一カ月前までは憎まれ口をたたいては怒らせていた
　体が痛んだのか

不安に襲われたのか
いつも脅えているようで
追われているようで何処かへ行こうとしていた

＊

夜明け前には青い地平を昇る太陽を見たのか
風が小さく渦を巻き雲が流れ出すのを見ていたのか
人は皆　何処かへ行ってしまう
緑の早苗田が風にゆれている
人は強くもないから弱いから
変わらぬ風景が広がっている

＊

君は何時も生きようとしていた
何処かへ行こうと焦っていた
薄い目を閉じさせてもまた薄く開ける

何かを見ていたいのか
そこではどんなふうに見えるのか
君の志したものは　意志はつらぬかれたのか
　それでつかれたんだね
少し早かったけれど生きたんだ
目元に涙のような白いかたまり

それは君の答え
そっと拭いても滲んでくる

鳥が飛ぶ

純白な木が立っている
白の低い山並みが茜を刷いている
山並みの向こうにはいいところがあるのだろうか
瞳に似た青い空間は見るものを誘う
還ってくることはない白と緑の地があって
寒くもなく　火酒のように体を温めたり
減ることのないいろんなお菓子がある
悪戯をしても　凍える足で雪を踏みしめたり
目を見開いて口ごもることもない
　痛いのね　ここね

さすってくれる手がある
怖い夜もないし　チカチカ反射する昼間の視線もない
真っ白な柔らかな布にくるまって微笑む女を見るのだ
　死んだりしないわよ
尖る耳には優しい声だけがする
　あなたは死んだりしないのよ

暗い道を一人帰ることも
お金や食べものの心配をすることもない

山並みの向こうは思い出が今になるところなのだ
こころを彷徨わせることもなく
例えば　緑を区切り
二つの剣を交差して白からも守る
そんな小さな永遠の国がある
時間は流れずに思い出を幾つもパッチワークにして区切る

一人ぼっちでもなくなって純白な木が金色の灯りに輝く

希望……と思う
人はわからずにいるだけ
皆　魂を託された鳥なのだと

夕暮れに雪原を大きな鳥が飛んでいく
山並みの向こうへ一羽飛んでいくのが見える

暑い夏の声のこと

地と血は重なって地続きに広がっている
陽は照りつけ
道端の枯れる野花の赤や黄に白い陽が溜まっている
はじめは六月の真夏日のことだった
私たちは列をなし黒い礼服で黙して歩いた
カンカン陽は照りつけ汗を拭き太陽を見上げた
暑さはつづき　九月や十月にも礼服を取り出しては歩いた
建物の中は　ひんやりとしていたが人が少なくなっていった
私たちが歩く地には血が流れている
血は黒っぽく地と同じ色になっていくが絶えず湧き出る血を

椀に受けて川に流した
呪を聞く耳の慣習なのか
抑揚ある滑らかな文句には抵抗を無くして精神が溶け込んでいく
（女が浜辺を彷徨っている
海原が耀いて腰下半分がぼやけている
風や波によろけみだれ歩いていく
人は生きた後には狂人になるのだ
まっとうに死んで生きるのかもしれなかった
（白無垢の純白の服で
小さなお花畑で貝や青い池の水と遊び
爪のような貝を私たちにぶつける
火、火が燃える
ぎらぎら射る太陽の熱！
廃れ　一粒の種が残れば再び樹系を作り　枯れ　作る
滅んでいく庭　枯れる木々　こわばる緑の草　渇く山や川
懐かしんでおこうよ

暑い日々がいった後に夏を懐かしむように
病葉の黄が混じり　ひっそり佇む家々に木々は陰影を引き
黄土色と縮れる黄緑のパッチワークが蒼い山並みへ続いている
森陰の沼に白い藻が散らばり綿雲のように漂っている
静かに平和に衰弱していくのだと
カンカン鐘を鳴らすのはかねたたき虫
もうすぐ叢に風が起き道ができるだろう
道は白くて歩いていけるだろう
　　（あなたは石碑に不滅の思い出をなぞり
涼やかな気配が石の扉をすり抜けていく

エゴン・シーレ展　ウィーン行き9番線

大人と少年の狭間の若者の自画像には秋の果実が開いている
熟しすぎて捧げものにする時期を失ってしまう
君は横目でかまわずに戦争神官の慌てふためくのを
水底から見ている
君は青白く赤茶の血管が染みのようだ
黒く短い髪が濃く　その下の瞼を捲ったような二つの瞳は双子の湖
太陽の加減で憂いを帯びるが悲しみを湛えて青ずむ深みだ
憎しみも愛も薄く生より死を見つづけ駆られるように描いたのか
生きた証を残したかったのか
白い壁の部屋に鏡を立てかけキャンバスを置く

机に筆と絵の具を置いた
棺を広くしたような部屋には赤いほおずきが垂れているけれど
君の唇と同じ色だ
鬼灯《おにび》は知ってはいないと思うけれど偶然ではなく必然なんだ
幽霊の灯に見えて君の瞳は生き生きとしている
死も生も何もかも見落とさない目だ
軍靴の近づく音に　長くは生きられないことに
絶望を超えて緩慢な退屈に似た空白に居るのか
ゴルゴタへの道での疎らな木に茜が消え青みがかる暮れのような*
君はいつも秋に居て枯葉の散る舗道や中庭に居る

冷たい冬が来る
不安に脅えた心で笑って見せているのでも
祈っているのでもなく
皮肉を秘めた顔は真摯に向きあい描いたエゴン・シーレの自画像
話すことはないよ　と言う若者特有の顔

絶望なのか諦念なのか倦怠なのか大人の落ち着きを添えている
君の周りには音楽が鳴っているのだろう
枯葉が擦れる寂しく乾いた曲だ　君は二十八歳で死ぬのだから
描きながら鏡の後ろの影や床を擦る死の音を聞いていたのか？
時には部屋いっぱいにとどろく破壊の音に耳を塞ぎ
鏡の君に生きること　生きる意味　生きる価値を問いかけ
崩れてゆく虚像には瞬間の無音が闇を深めていたのか
時代のエアポケットのように君の自画像が残る
君は第一次世界大戦に征き　スペイン風邪に逝った
自画像は君の未来の過去だったのか
わずかな希望や願いが叶えられたのか教えて欲しい
闇の白い空間を貫き沈黙を破る言葉を聞きたいと願わなかったか
君自身の沈黙のうちにいる
それで君は永遠に魅力的な若者になる
私たちの後も君に会いに来る沢山の人たちがいる
君の唇が赤いのではおずきを噛んでいるのかと思った

歓迎されているとも思ってはいないけれど
エゴン・シーレ　会えて良かった
二〇二三年浅い春
戦争の後も戦争が起こりパンデミックが収束し始めた春
一年前に起こった戦争は続いたままだ

＊カルヴァリオへの道　エゴン・シーレ作　ゴルゴタの丘を意味する

やまと絵展から

荒馬のように心は飛ぶので私の時を摑めない
過去もましては未来は靄の中だ
山が蒼く霧が湧いている　　そこから
平坦な草地が広がり川が流れ森はずれに人家がかたまっている
平安のもっと昔にも馬が群れ　田や畑に人が働き
鶏が走り出て追いかける子を追う老婆がいた
美しい朝焼けや夕焼けは白や金色に空を染め
山は青く　流れ落ちる水は清らかだ
男が寄ってきて立ち　しばらくしていなくなる
おかしな声で話しかける者もいる

祭りの日には踊った　路で見ていた
一人の善良な狂気につられ　みんなで踊れば絶望も歓喜になる
所作は二拍　ぱんぱん　一つおきパンパン　繰り返す
小さきものに大きなものを見る
それとも小さいものを愛したのか
　米粒ほどの人物
　まっ赤な火　地獄絵
　曼荼羅の絵図　重ねた後朝の文

愛は私たちの内にあってそこから煌めき迸るなら
君は聖者　三つの貌の聖者が町にやってくる＊
片隅の石　繊《ほそ》く揺れる草花
梢を貫く五輪めく塔にかかる枝に葉はなくて黒の筋を風が吹いていく
　ドロブは丈高く丸まった背で歩く
　ミルニは杖をつき哭く猫や犬を打ち払い足を引きずり歩く
戸口の陰でくすくす笑う人たちの声、顔

破れ襖を開けると寂々として昆布に梅干しの茶を啜る僧がいる
金箔を貼った煌びやかな経文に滅亡の血の筋は見えて来ない

君と私の関係の糸はぶつぶつと切れていくので
山際の霧のような雲が形を変え迷い人のように流れていくのだ
街の市場が開いていき瓦屋根が光り路地に落ちていく
　橋の上に音楽がして鼓もきこえ　私は水を見ていた
山の窪みでは午前には葬儀があるので
　読経の低い声　白頭巾の僧の列
君がその列にいないかと目を狂わして探したことがある
山々は静かに　君のだろうか　悲痛を悲哀に変えていった
祭りのはじまり　終わりのように紙芝居は開き　閉じていく
山を越えた海はもうすぐ荒れるだろう
朝に夕に銀色の鱗を煌めかせていた魚はとうにいなくなった

＊二つの貌の聖者　阿修羅像

風土

紅葉は寂しさのために彩り
暗い雨に葉音をたて華やかに散っていく
小鳥たちは甲高く短く鳴いていく
冬鳥が山の麓の池に渡って来るころにいなくなる
県境は高い山並み
海を渡る湿った風が山並みにぶつかり雪になる
やわらかくふる
何億年も雪はふり海は荒れて青緑に尖る波が怒り寄せて来る
怒濤の海原を渉るものはいない

松林は唸り寂々としたものを去らせ炎を心に燃す

祖の祖の祖からつづく物語
雪の深さゆえ愛は深く切なく吹雪く雪原に立つ女は
雪の女に違いない
落ちて来る雪の一粒は美しく凍える死への純潔な結晶
白く燃え悲しく融けていく

雪の地では夏木立からも雪のにおいが立ち込める
秘密めく林深く　遙かな昔からの生業に
樹々がざわめくと不安になる
待つこと　来ないこと　待つこと
窓辺の枝が打ち合い割れて青く黒ずんでいる
雪穴に落ちる人がいる

荒れて半島の岬の村の木々は葬送の曲を鳴らすだろう

日暮れて小鳥が散っていき岸べの灯が仄かにちらついている
佐渡かもしれない

遠い国に戦い続く

小さな大きな願いがあった
届きそうで指半分で逃げていく
滑るようにして時は荒れ過ぎていき変わっていく
平和であることや生きていくことに
ぼんやりとした光のなかで食卓に向かうことに
虚しさが漂うが飼いならされた感覚が押しやっていく
今日、一日が過ぎていった
明日も息をつめ頷けば過ごせるだろう
隣人がいなくなってもどれほど悲しむかと
訝る影をゆらして一日を生きたことを悲しみ

夕暮れの小川に指半分を流した　それで
静かな夕べが訪れたのではないのかと
悲しみや苦しみに踏み入れば枝葉の分節に戸惑う
何をしたか　何をされたか　何をしようか　何ができるか
善きこと　悪しきこと　そらぞらしく暮れた夕べには
私の儀式に棘をさして責めるな
祈りには永遠の桶に沈める桃を置く
薄皮をむきナイフを入れる　腕をめくりナイフでなぞる
痛みにも夜を眠るなら明日も天気だろう
一日を過ごせる
壺に滴る水音がする
夜空は晴れていて雨かも知れず
明日は雨ふりの一日かも知れず

手紙

羊雲が散らばっている
茜色が木立の奥を染めている
水色を朱に塗って灰色をひとひら置く
雨のにおいが草に潜み露が重なり降りて来る
子供たちは淡い光のなかでボールを蹴って歓声をあげている
暮れて子供たちが一人、三人みな帰った後に一人ボールを蹴る子がいる
家々は暮れてこの時刻には絵のなかに並んでいる
明日　また明日にね
朝には陽が差してね
空の雲がぶつかり鐘の音に響く　一人ボールを蹴る音がしている

家の灯りがぼんやり路地に光を投げかけはじめた
自転車を急がせるライトが行く
明日　明日にはね
呟いてカーテンを引く夕暮れがある

＊

窓べの病気の子に月の光が差して
母は子に言う
　おまえは大丈夫　だいじょうぶよ
子は母に言う
　死んだりしないよ　ぼく、しないよ
母と子はやさしい嘘を言いあう
月がうすく空がしらんできた
ベッドから窓をぬけ枝がざわめいて鳴っていった

Ⅲ

岸辺を過ぎて行けば

何処へ

朝　小鳥が囀る
（オス）　ボクガ　ヤロウカ
メスは尾を上げ小枝を跳んだり葉をくぐる
オスは追うのに疲れて
　キミハ　ボクノダッタッケ

空は淡く雲が寄せ薄く絡みほどけていく
野の林から白い道が私のところにのびている
陽差しのさざ波が運んでいくが
何処かは知らない

はるかな時が過ぎ　瞬間が過ぎ
古ぼけた山の尾根につづく段々
波が岩にぶつかり飛沫に濡れる崖下の砂礫に
小舟が一艘揺れている

白い道が伸びて私の後をつづいていく
耕すまえの地平がうすくて
野の小高い処木立の真中　塚のまわりで
踊っていたりする

春の日

どこまでもつづく空　春の空
微笑むように見つめる空には傷痕が開いている
朽ちた薔薇花のにおいが満ちる
傷痕は唄う
唇に響いて一つになって　　遠く雷鳴が鳴っている
乾いた絵の具　新学期のクレヨン
白のチョークで画いた黒板の海と波　繰り返すさざ波が
運んで作る砂原を　手押し車が行く
軽トラが行く
轍の砂を吹く風が目に痛い　　水平線から広がる空の

青に傷痕が散らばり開き　太陽に照らされて地面に映る
私の影　あなたの影
私達の世界は傷痕で築かれている
小石を拾い名前を刻む　地面に埋める
幾層もの時の重なりに忘れられた後で偶然を装い掘られ
別の言葉で呼ばれる　指でなぞり名を呼ぶ　それは
他者ではない私の私たちの　我々の名
多様な木の葉の重なりが頷き響く空と地で
消えることのない孤独の感覚をほぐせたなら目を瞑る
眠ることができる　　愛のような
祖先の　母の温もり　父の大きな胸の内
傷痕が滴って私の身体を濡らし地面を濡らす
植物は豊かに萌えで命が生まれ　風が樹を揺らす
鳥たちが囀り空がおぼろに深い

*

風が吹いて水仙の匂いの中に
　この子わるい子で　この子わるい子で
母の声がする　　土の下を小川の流れる音がする
笹藪の芽が大きくなる　　見慣れた道が短くて
曲がり角　四角の家に人がいなくなり　人が居て
またいなくなる
小さな公園に子供たちが遊び　鳥の声よりも明るく響く
人が変わっていき知っている人は少なくなった
いつもの人は来て父や母の思い出を含んで話す
　この子わるい子で　この子わるい子で
思い出すなら私の女神や守り神に現れる
風が強く杏の花びらを吹く　髪を乱し頬を撫でる
柔らかな春の風がうるさいのはあなたたちが傍らにいるからか
草が伸びていくのに老木は芽吹かない
ここに一本植えないとね
　おじいちゃん　この木の実いつなるの

　おじいちゃんが死んだとき
　おじいちゃんいつ死ぬの
姉と祖父が話していた春の日　思い出すと聞こえてくる
枯れるまでこのままにしておきたいの
脇に植えるといい
　この子わるい子で　この子わるい子で
三度のその声に私は苦笑する
公園の子供たちはいなくなった
いつも来てくれる人も帰っていった
二、三年はお元気だ……
私達はそうして生きる不安や消えていく希望を喜びに変える
日が長く庵女さん*の森の古びた庵に陽が照っている

*庵女さん　尼さんが一人で住んでいた空きの庵を
庵女さんというようになった

春の夕焼け

都のはずれ
夕占の上手な子がいた　毎夕
辻の西に沈んでいく太陽に顔を向けて話している
淡く雲が寄せると一日　叩かれた体や手　足の痛みが薄らいでいく
暮れてゆくにつれ町の外につづく道が仄あかるんでくる
清々しい風も吹いている
　明日には昔暮らした古家で
　蒸かし芋や塩おにぎりを食べる……
思い出の卜占よりも時は早く過ぎるので影が前をよぎる
どんどん先へゆき大きな闇になり行き着けない

父さま、母さま忘れものをした　わたしを待って

二晩　三晩　花のような踊りを踊った
女が死んで　後ろの人が〝母ちゃん〟だと小突かれて踊った
火は天まで炎をあげていた
そのまま火に倒れたはずだった

いつからか　町はずれの辻堂に
毎夕　太陽が燃えていくのを見つめて話している子
（あのなかにいたのだ……
太陽に向けて花びらのように両手と体を開くが
花びらは二、三枚なのだ
丸く雲が寄せると雲にはきれいな庭と建物があるのだと想う
そこでは楽しいこと以外はしていけないし　迷子にもならない
ここから見えるのに行き着くことができない
寂しく　懐かしい

ぜったいな孤独
ぜったいな安らぎ
ぼんやり死なのだと思う

雨が降ってきて埃で乾いた口を上に開ける
乳のようで哀しく
天気雨　きまぐれな雨
西の空が女を　あの子の母ちゃんを燃した火の色
深い闇がやってくる

辻堂に眠る子に握り飯を一つ　蒸かし芋を一つ置いて下さい
（明日は生きるのに　あの子にはいい日になる
頭上に輝く星一つ
今宵は春めいて明日は天気だろう
夕焼けが愛しい家を燃やして崩していったから

木の影が長くなった

時刻を離れ
幸せの瞬間は過去にも未来にも流れていた
過ぎた思い出が連続する渦になって私を巻き込む
渦は今を巻きながら未来へもいくのだろう　なぜなら
愛した人たちのなかにいて摑みかねていた幻想ではない
あなたがいる
少しの動き　目や口もとにマシュマロが溶けていくような
優しい時にいる
老女たちは皆　打刻された傷を愛おしく抱えている
長く生きてきた軌跡に佇み抱きしめ歩いてきたのだろう

痩せて皺のある細い体は炎になって燃えているようだ
時間は過ぎたのだ
面影を今に重ねている
時は流れていっても
（幼い安らぎにいて　今　寂しくない
遺したいのは愛かも知れない
忘れていてときおり振りかえる
体を流れる腐蝕画の一枚一枚が逆流して燃える時があるのだ
木の影が長くなってきた
老女たちは夕暮れの光を浴び並んで見送っている
残せるものが愛であるといい
涙の布を広げ乾かして面影を刻印できるのならいい……

お祭りのこと

春の宵がおりてきた
静かにも重厚に森を包むような
芽生える緑が重なり溶けた気体の大きな椀にいる
その女　ようやくもらい子して育てた子が死んだ
まるまるふとって元気だった子
自転車に乗りはじめると「お母ちゃん」と女の働くところへ行った
私の異母姉は羨ましがっていた
その子が十一歳の誕生日前に死んだ　小児白血病だった
一ヶ月もたなかった
女は寂しいとか悲しいなど口にはしなかった

いいえ違うの　仕事が終わって毎日その子のお墓にいって泣いて
いたの　真っ暗になっても毎日泣いていたの
おばあさんがみかねて　もうやめなさいと言ったの
毎日毎日お墓に行っては女に言ったの

おばあさんも亡くなって女は傍目には気ままに暮らしているように
思えた　今年の春に女はひっそり死んでいった
人が生きることに意味があるなら死にどんな意味があるのだろう
老いて一人生きて意味があったのだろうか
姪たちが集まって女を送った
花に囲まれて穏やかな顔をしていた
骨のなかに長いピンや金属が混じっていたけれど手術の後だって
丸い蓋の壺にいれて白いきれいな布で包んで抱いた
骨が少しもあたたかくなかったのは何故かしら
桜の花が満開で花びらが流れて来て
女を祝福しているようだった　ほっとした写真の顔は

女の生きた終わりの始まり　生の結果だわ
姪達はみな集まって和やかにお祭りをして
別れて行った
遠くで鶯が啼いていた　雀が小石を歩いている

このままで

このままで
（不生でいらっしゃるか）
木は変わらずにあり　空は初めて見る空ではなく
頬を吹く風も初めてではない
遠く微かに歌う声がする

階段を描いた絵
突き当たった一番上から下へ一段一段下がり
それから昇っていく絵
見続けたのは階段の隅に置き忘れた種が残っていたり

芽吹いているかと思ったから

家が建て込む路地の隅々に湯冷めたような光が差している
朝霧にまみれた角の空き地が半分踏まれ
細い草が揺れている侘しい風景から
歌う声は途切れずに聞こえて来る　住むところは
風土は　そこに暮らした人たちの生活の悲哀や汗
祈りが積まれている　暗い海のようだ
岬に後ろ姿で立っている人がいる
胸のあたりから光が漏れているのは雲間を差す光の加減
海はただの海　私の人生　終わった時
残りの未来の夜の昼の海　若い人たちの海

海は暗いのか　部屋に海が入っているのか
私は潮の香のする暗い処にいる
雲がちぎれ飛んでいっても

波が岩にぶつかり泡を運んでも
歌が聞こえるのは過去の現象が今に思えるから?
歌い　踊り　歌い
まぼろしはほどけ霧消して希望も愛も夢も消えていく
それでも私たちは蜘蛛の巣のように繋がって生きていく
悪い子がやって来て蜘蛛の巣めがけ石を投げる
その子に陽が照って足下の砂が埋めていく
広漠として
砂が輝いて　このままで

焼いた小さな人形

さらさらした土で焼いて作った小さな人形
母になった若い女は祖母から貰った人形で
痩せ細った病気の娘と遊んだ
祖母の肌のように仄温かくて病気の娘は笑った
母娘には焼いた小さな人形は神さまになる

働き蜂は花の在りかを8の字に教えてはらり死んでいく
埃と一緒に風が拭き払っていく
昔のある祭りで地面に8の字を描き
片方に子供を置き　もう片方には捧げる犠牲を置いた

星が分かれ結ぶときの軌道
宇宙の砂の鳴るような星の叫けぶ声
星がちぎれ合体する8の字に廻る

林の入口に面で顔を覆った人が向きあっている
二つの面は艶々笑う
林からの風が茂る枝を騒がせ波だたせるが
面は微動だにしない
曲がして　しゃらん　詞はない　二つの面は
しゃらん　風に紛れ金色の筋を引き海原に消えて行く
蔀のにおいが立ちこめている　しゃらん

林の崖下から舟が海に出て行く
海しか見えない広大な海へ
砕けていく白い波頭　光　果ての無い海原

霧でかすむ尾根に痩せた木が枝を広げて並ぶ　木の
背丈が高、低の稜線を不思議だと言っていた人
生命の小径を山の尾根や稜線に探していたのかも知れなかった
旅の宿で　ホテルのロビーのソファで
その人から水の滴る音がかすかにしていた

宇宙の砂の鳴る音は死者とも融合する音のようだ
砂時計の砂粒が落ちる
上下を反対にする　何度も繰り返す
震える手で焼いた小さな人形を割ったのは
繰り返しても　何度繰り返しても笑わなかったから
　あなたがいない　見えない
昼の道　土の香を振りまきながら話して行く人たち
影がなく笑わず動かないのは
うらぎりではないですか
水鏡のように青銅を磨いた鏡に陽がざわめいて顔がうつる

触れようと手を差し出す
渇き　水を汲もうとしていたのかもしれない

冬の青い空　東京都美術館特別展

モネの睡蓮は
泥水から咲き出る花とは違い
やわらかな光と水に浮かんでいる

うつらうつらとして窓を見たときに
壺花の睡蓮が私を見ていたような

モネの睡蓮の池の水は水平からなだれ落ちて滝をつくっている
小さな宇宙なのだ　夢なのだ
　宇治平等院が水に映る

さかさに映る

夢想から醒めてサンドイッチを作り食べる
ハムとキュウリを挟んで食べる
それは美しい日なのだ
蛙が跳ね　青蛇が狙っている
池の水のほとりは食べる　食べられる
ゆらゆら揺れてコーヒーの香を嗅ぐ
私たちは繫がって小さく切れて繫がって
根は細りブツブツ切れかけている
現象が夢ならモネの睡蓮は幸福な夢
風のそよぎ　草の先　木の葉擦れ　きらめく光
昔　そうして見たのだった
若葉の梢から光の筋が降ってくる
道では　母が私を連れて長いお喋り
幼い日の過ぎていった幸福の一瞬

人々はモネの睡蓮に幸福の瞬間をかすかに重ねる
時の幸福な谷間があるならその時刻

*

ひたいの汗を風が吹きビスケットを分けて食べた
湧き水が冷たく美味しかった
何処かは忘れている　小山を白い服の人が登り降りしていた
姉さん被りの手ぬぐいだったかもしれない
その時も　お姉さん　悲しかったのですか
母も忘れられない悲しみを胸に貼り付け
私たちはビスケットの袋を広げて食べた

*

私たちは喜びで生まれてくる　命を育て守るため生きる
余韻が残り　苦悩であっても　繋がり
ガラスの中にいるように　見えていて離れ繋がって思える

しっかりつかもうとしてガラスが割れる
傷ついた肉を見る
空は何もなかったように青いのだ

変わらずにつづいて

道はつづいていくのだろう
何処から始まり何処で終わるのかを知らずに
私たちはある日そこにいる　道の何処かに
春のかからりと晴れた空は自然の美しい曲を流している
道の辺にいてどこかからが町の外れか　はっきりしない
家が並び一つ家の庭のどこかからが外か　わからないのは
町の村の物語を作る
古い声が誰も住まなくなった家壁から聞こえてきたり
塗り直した壁には画用紙にフェルトペンで描いた
絵が傾いて貼られている

それは幸せの記憶の断片
家には喜びや多くの悲しみが詰まっている

春の午前の遅く
戸は開け放たれ新鮮な空気が入ってくる
父と母の甘くわずかな夜の時の残り香を風は吹いてゆくが
緑の匂いを部屋の隅に家具に残していく
その子が緑の水に浸っていたように

細い雨が煙り湿った土の香がさわやかに立ち
物音がしていて静寂のなかに最初の光景を見た
私たちは最後の光景を辿るようにして見たはず
思い出そうとして思い出せない記憶に
その時刻の気体が触れてくる

突き当たりのドアは閉じている

軽く目をつむると開く
燃えているように明るい
人がいて　岩を穿った穴のように赤い
太古の果てない時につづいているようで　未来かも知れない
私はそんなに愛せるだろうか　不安になる
そんなにも長く憎しみをも愛にすることができるだろうか
やさしく憎しむ眼にドアは閉められたままだ

道はつづいていく
海辺を　山際を　都会を　村を　畑中を越えて町を
一歩　一足
何か　何かを　握りしめ
生命の　本能の欲望と死と誕生に
その時も
愛おしみ抱きしめることができるだろうか
あなたが　あなたたちがそうしたように

野鳩が鳴いている
初めて聞いた声で鳴いている
何処か

過ぎていく時

時は過ぎ
空の空色の高くで眠っていた
山の重なる忘れられ半分壊れた天守閣に独り
そこは太陽に一番近い
空はいつも空色の布を張っている
目を瞑っているのでそう想っていた　強いられていた
人像柱が並ぶ丘
崩れて腰まで埋まっていると人柱に見える
口元だけ笑っている　永遠に笑うのは
静かな死と静かな愛は同じなのだと微笑む

丘の麓の町に箱形の家が幾つかあり
四角の窓が開いている
窓から白髪の人が一人ずつ見える
みな　虚無のなかにいて眠たげだ
（古い観光マップに書き込んで貼ったの　だれ
小さく曲が流れてくる
狂ったピアノで弾く革命　ノクターン
ミシミシするショパン
紙は破れちぎれていきそうで
白い絶望しか書かれていないから
静かな愛は静かな死なのだと　ゆっくり
錆びかけたナイフを静脈にあてている
やわらかな風が吹いて来る
屋根や窓から町の人々からやさしい風は起き吹いて来る
胸にいつの間に酷に開いた眺望が夢にぼやけて来る
太陽に一番近いところ　丘に人像柱が並ぶ

口元だけほのかに永遠に笑う　砂が飛ぶ
少し高いところ少しだけ高いところ
ひとつの像が立つ
見ている時刻
それよりも広大な時を立っているのだった

後書きにかえて

前詩集を出版してから四年後に詩集『日々の流れに』を出版することができました。この間に新型コロナウイルスによるパンデミック、まさかのロシアのウクライナへの侵攻、イスラエルとパレスチナの戦いが起こり続いています。

私たちは、ニュースで知るのですが、画面での戦争の残虐さや醜さ、悲しみや怒りなどに次第に鈍感になってしまいがちです。そういう暴力のつづく世界の東の平和な島国で日々の生活のなかのふとしたことの幸せにいます。今朝の食事のチーズを変えてみた。誰かと話して楽しかった。そんな些細なことが、後で振り返るとかけがえのない幸福の時なのだったと気づきます。あたりまえのようにいるはずの親しい人がなくなったり、病気になるのです。日々は流れ、何時か私を取り巻く環境や人たちは変わっていき、また人たちと繋がりを求めて生活し、幸せを願い生きているように思います。詩は過去の出来事と今現在の心境や思いが重なって出来ると思っています。そしてどんな詩も抒情が流れているように思うのです。感動かもしれません。私たちは感覚によって物を知ったり、人との関係も共感や情緒が大きく作用すると思うのです。詩には決められたフォルムがないだけ自由と思われて、難解と言われる原因にもなっていて、でも、それを崩せば自分の詩ではなくなるようなところが詩の醍醐味でもあり、難しさのように思っています。社会は、スピードを早めて変化していくようです。たちどまり考えるためにも詩は、大切と思います。詩集を編むにあたって批評、ご指摘を下さった同人の方々、歯にきぬをきせずに私の欠点を指摘して下さった詩人、お礼の返事が遅いのにもかかわらず詩集を送って下さった多くの詩人たち、ありがとうございました。今回も思潮社遠藤みどり様にはひとかたならぬお世話になりました。ありがとうございました。

二〇二四年　五月

植木信子（うえき・のぶこ）

既刊詩集
『つむぐ日』（沖積舎、一九九九年）
『歌がきこえる』（詩学社、二〇〇二年）
『その日――光と風に』（思潮社、二〇〇七年）
『フリアの庭で』（土曜美術社出版販売、二〇〇九年）
『雲をつかむひと』（思潮社、二〇一二年）
『田園からの幸福についての便り』（思潮社、二〇一六年）
『緑の日々へ』（砂子屋書房、二〇二〇年）

所属
日本現代詩人会、日本詩人クラブ、日本ペンクラブ会員

現住所
〒九四〇―二〇二三　新潟県長岡市蓮潟五―五―十四

日々《ひび》の流《なが》れに

著者
植木《うえき》信子《のぶこ》
発行者
小田啓之
発行所
株式会社思潮社
〒一六二—〇八四二　東京都新宿区市谷砂土原町三—十五
電話〇三—五八〇五—七五〇一（営業）
〇三（三二六七）八一四一（編集）
印刷所
創栄図書印刷株式会社
発行日
二〇二四年十月三十一日